Thekla von Gumpert

Risto Setän Kirjeet, lasten Hyödyksi

suuraakkosin

Thekla von Gumpert

Risto Setän Kirjeet, lasten Hyödyksi suuraakkosin

Alkuperäisen jäljennös.

1. painos 2023 | ISBN: 978-3-38708-542-6

Megali Verlag on Outlook Verlagsgesellschaft mbH:n imprint.

Verlag (Julkaisija): Outlook Verlag GmbH, Zeilweg 44, 60439 Frankfurt, Deutschland
Vertretungsberechtigt (Valtuutettu edustamaan): E. Roepke, Zeilweg 44, 60439 Frankfurt, Deutschland
Druck (Painotalo): Books on Demand GmbH, In de Tarpen 42, 22848 Norderstedt, Deutschland

RISTO SETÄN KIRJEET

LASTEN HYÖDYKSI

1882.

I.
Koti.

Rakkaat lapseni. Minä olen Risto setä. Kuka teistä tuntee minut? Te ehkä ette luule kenenkään teistä nähneenkään minua. Minä kun kuleskelen ympäri sinne tänne, oleskelen milloin missäkin, en koskaan jää mihinkään asumaan, sen vuoksi ehkä arvelette, ett'ette minua tunnekaan. Mutta juuri sentähden että niin paljon matkoilla olen, tunnen minä monta teistä. Niinpä minä, viimeksi matkatessani ——n kylän kautta, näin sinut, pikku Bertha; sinä leikitessäsi siinä pienten ystäviesi kanssa et minua huomannutkaan. Ja sinut, poikaseni, minä näin, kun kävin ——ssa; sinulla oli sillä kertaa vähä pahoja juonia ja minä kovin säikähdyin, sillä pahanelkisistä lapsista en ensinkään pidä. Toivon sinun toiste olevasi paremman, sillä muuten en tahdo setäsi olla, ja kuitenkin niin mielelläni kuulen sinun sanovan minua Risto setäksi. Jos matkoillani näen jotakin, josta luulisin olevan iloa pienille ystävilleni, minäpä heti ajattelen: oi olisivatpa he nyt kaikki tässä ympärilläni. Welhomiehiä en ole enkä siis voi loihtia teitä kaikkia luokseni, sillä Risto setä vaan olenkin; mutta kirjoittamaan olen Jumalan kiitos oppinut ja senpä vuoksi saatan teille kertoa matkoistani. Kirjeet tavallisesti pannaan kuverttiin eli kuorteesen, siihen sitte päällekirjoitus ja lähetetään postiin. Mutta niin kirje tulee vaan yhdelle hengelle, sille vaan, kenen nimi on päällekirjoitettuna. Minä taas tahdon kirjoittaa hyvin monelle lapselle yht'aikaa. Mitenkä siinä pitää tehdä? No näin: lähetän kirjeet kirjanpainajalle, hän ne, niinkuin sitä sanotaan, latoo (kirjapainossa pitää teidän välttämättömästi kerta käymänne) ja sillä tapaa saan monta sataa ihan yhtäläistä kirjettä, joita kuin monta lasta hyvänsä saattaa lukea.

Mutta ennenkuin rupean juttelemaan matkoistani, niin ensin puhun, ken
Risto setä on.

Minä olen melkein yhtä vanha kuin isänne tahi se setänne, josta parhaasti pidätte; mutta en aina niin vanha ole ollut, vaan yhtä pieni ja nuori kuin tekin. Isäni oli maanviljelijä, s.o. hänellä oli oma maatila ynnä muutamia huonerakennuksia, ja niiden joukossa kaksi myllyä, toinen vesi-, toinen tuulimylly. Mylläri hän ei kuitenkaan ollut, vaan kumpaistakin myllyä hoiti oma myllärinsä; itse hän toimitti maansa viljelystä ja askaroitsi aamusta varhain iltaan myöhään. Me asuimme vesimyllyllä; emme toki siinä huoneessa, missä jauhoja jauhettiin ja missä jyryltä ja kolkkinalta ei omaa puhettaankaan kuullut, vaan vähäisessä huoneuksessa ihan myllyn vieressä. Siinä huoneessa oli, kuten ainakin, neljä puolta; yksi puoli antoi vesimyllylle päin, toinen karjapihaa kohden, kolmas vähään tarhaseen päin, jossa meidän kaikki kanat kävelivät, ja neljäs oli puutarhaan päin, joka oli hyvin suuri ja jonka läpitse juoksi joki, sama joki, joka vesimyllyä käytti. Ajatelkaapas vaan, kuinka kauniilla paikkaa meidän pytinki oli! Kolmella puolen oli ikkunoita, puutarhaan, kanatarhaan ja karjapihaan päin, ja tämän takana kohosi mäen kumpu, jossa tuulimylly seisoi. Ettepä usko, ystäväiseni, kuinka paljo huvitusta minulle oli myllyistä. Joka päivä tuli kansaa läheisistä kylistä ja toi jyviä; mikä tuli soutaen pitkin jokea pienellä ruuhella ja siinä joitakuita jyväpussia; kellä oli käsirattaat, joita itse veti; kutka taas ajoivat suuria kuormia, joita oli härkiä tahi hevosia vetämässä. Aina oli jotakin merkillistä nähtävänä, sillä hevosista, veneistä tahi muusta kaikenlaisesta on aina huvia lapsille, ja Risto setä oli silloin pikkuinen poika. — Mäen takana oli kaupunki ja siinä koulu. Lukemaan ja kirjoittamaan opetti äitini minua; mutta kuusivuotiaaksi tultuani tehtiin minusta koulupoika. Sain pienen laukun kirjojani varten ja opettajan luoksi saattoi minua isäni, joka minut kouluun oli ilmoittanut. Minä nyt kävin kaikki arkipäivät koulussa ja joka sunnuntaina vanhempieni kanssa kirkossa, kaupunkiin vei kaksi tietä, toinen mukavampi, vaan pitempi ympäri kaartaen, toinen hankalampi, vaan lyhyempi, mäen poikki tuulimyllyn sivutse; aina läksin tätä jälkimmäistä, sillä niin saatoin yksin tein pistäytä katsomassa mylläri Jaakkoakin.

Minulla oli sisar, joka oli vuotta nuorempi minua ja josta hyvin paljon pidin; sen nimi oli Marketta. Häntä äitini opetti itse, sillä äitini oli hyvin viisas ja hänellä oli paljolta hyviä kirjoja. Kun olin kymmenen vuoden ikäinen, lahjoitti isäni minulle erään matkakertomuksen, jota oikein ahkerasti luin. Aina siitä ajasta alkaen en juuri suurta lukua pitänyt muista kirjoista kuin semmoisista, joissa pitkistä matkustuksista puhuttiin, ja se luja aikomus oli minulla, että kerran isoksi kasvettuani, itsekin samoin lähtisin niin pitkille matkoille. Wanhempani vaativat minulta ahkeruutta ja kuuliaisuutta; mutta he sanoivat minulle myös sen, että vastedes saisin tehdä haluni mukaan, sillä kylläpä minä muka palajaisin, katseltuani ympäri pitkin maailman laveutta. Nyt opettelin ahkerasti vieraita kieliä, etenkin englannin- ja ranskankieltä, sittemmin hispanian- ja italiankieltä. Luonnollisesti taas maantiede ja historia olivat vallan mielikulujani. Mutta kaikkea tätä en ensimmäisessä koulussa oppinut, en suinkaan, sillä silloin jo kävin realikoulua ja sen lisäksi vielä nautin opetusta yksityisiltä: englannin- ja ranskankieltä opetti äiti sisarelleni ja minulle. Markettaa ei matkustaminen haluttanut, vaan hän auttoi minua valmistelemisissa ja joka sukalta, jota minulle kutoi, sanoi hän: minkähän kansain tahi minkä eläinten maassa sinä tätäkin sukkaa pitänet? Wiisitoistavuotiaana läksin minä kodista ja minut pantiin muiden ruokaan ja hoitoon kaupungissa, joka mäen takana oli, vielä muutamia vuosia kerätäkseni oppia ja tietoa. Sitte palasin myllyllemme ja autoin isää maanviljelyksessä, sillä ylen nuori vielä olin mennäkseni ulos maailmaan. Lujasti aina vaan pysyin päätöksessäni ja isäni kyseli sieltä täältä, mistä saada minulle vanhempaa matkatoveria. Mutta kaikesta tästä en nyt sen enempää puhele. Te jo tunnette Risto setän tarpeeksi kyllä, tiedätte, minkä näköinen hänen kotonsa on, missä hän on elellyt lapsuutensa päivät, ja pianpa saatte ajatuksissanne vaeltaa ulos hänen kanssansa, ei kuitenkaan samassa järjestyksessä kuin hän matkusti, vaan ainoastansa niihin paikkoihin, missä hän on nähnyt jotakin merkillistä, joka teitä voi huvittaa. Sehän varmaan on hyvin teidän mieleenne.

II.
Matkavaunut.

Minun ensimmäinen matkustukseni oli ihan toista kuin nykyajan matkaamiset, sillä silloin ei vielä ollut rautatietä. Olin yhdentoistavuostias, sisareni kymmenen. Kerran sanottiin isäni tulleen kivulloiseksi ja hänen täytyvän matkustaa Karlsbadiin. Ah! matkustaa sepä nyt herttaista; mutta pappa se olikin kipeä, enkä minä, ja pääsisinkö minä mukaan, se ei vielä ollut päätetty. Kuka kanssa lähtee? kysäsin minä. Siihen vastattiin "kaikki hyvät lapset". Nyt en minä suurin entistä enempää tiennyt, sillä omatuntoni sanoi minulle, että joskus olin ollut tottelematon. En enempää tohtinut kysellä, kuuntelin vaan joka haaralta, enköpä havaitsisi mitään, mikä osottaisi sitä, että minäkin mukaan pääsisin; ja pian sainkin toivetta siitä. Äitini katseli ja käänteli vaatteitani, paikkautti ja pesetti kaikki sekä tilasi minulle uuden vaatekerran. Räätäli, joka mitan otti, sanoi: "tämän kuun 16 päiväksi on kaikki valmisna". Isäni piti lähtemän 17 päivänä; siis oli mammalla aikaa panna minunkin kapineeni sisään.

No 16 päivä tuli, minun vaatteeni tulivat myös ja pantiin matkalaukkuun. Meidän isot vaunut, joita sanottiin pereenlaitioksi, ja Juho molempine hevosinensa olivat valmiina lähtöön, ja pappa sanoi: "Risto, sinä saat lähteä kanssa; välitermiinasi alkaa heti, ota kirjoja ja kirjoitusvihkoja mukaasi, sillä työttömänä et saa olla". Nyt oli siis asia päätetty. Olin ääneeni kirkaista ilosta, vaan näytin malttavaiselta, peläten papan siitä närkästyvän. Mutta huoneestakin mentyäni minä kaksin käsin otin kiinni vasempaan jalkaani ja konkotin oikealla; niin tein aina, kuin olin oikein iloissani. Kreeta katsoi minuun. "Pääsetkö sinäkin myötä?" sanoi hän, sillä hyppyni yhdellä jalalla tiesi jotakin suurellaista. Kreeta myös läksi mukaan; vaan hän iloitsi ilman hyppimättä. Hän vaan laittoi sisään nuken-vaatteita ja vaatetti kolme mielinukkeansa; mutta, Kreeta parka! hänenpä suurella surulla täytyi jättää lapsensa kaappiin, sillä koko tälle nahkaseuralle ei ollut tilaa vaunuissa. Ainoastansa yksi sormen pituinen nukke, jonka hän voi pistää käsipussiinsa, sai seurata myötä.

Waunumme olivat hyvin mukavat; etuistuimella, jossa Kreeta ja minä istuimme, ei ollut kuomia; kun satoi, niin me nostimme sateenvarjon päällemme. Waunuissa oli monta monituista taskua, joihin oli pistetty evääksi voileipää ja kylmää paistia, rasiallinen sokeripaloja ja putelli vaarainnestettä. Me lapset saimme kumpikin nisukakun, ja sitte menoon.

Jos tähän aikaan matkustetaan Saksanmaalla, kussa vanhempamme asuivat, niin mennään rautatietä. Meidän myllyltä Karlsbadiin saattaa, jos höyryveturi on hevosena, päästä 24 tunnissa; mutta hevosemme eivät olleetkaan höyryveturia eivätkä höyryllä liikkuneet, vaan neljällä omalla jalallansa, ja senvuoksi joutuikin matka hitaammin. Me viivyimme kahdeksan päivää, sillä kuljimme päivässä vaan 5 tahi 6 peninkulmaa, ja otimme yösijan seitsemän kertaa. Puolipäivän aikaan pysähdyimme mihin sopi, milloin johonkin pieneen kaupunkiin, milloin kylään. Kylissä keitettiin potaattia, joita söimme kylmän paistin kanssa. Kaupungeissa taas, joissa yötä olimme, osteltiin uutta evästä. Kun tuli jano, niin joimme vettä, vähän vaarainnestettä ja sokeripalanen seassa. Woimme siis erittäin hyvin ensimmäisellä matkallamme. Eipä muistakaan huvituksista puutetta ollut. Pappa leikki ja jutteli paljon kanssamme, enemmän kuin kotona, kussa hän aina askaroitsi, milloin pellolla, milloin puutarhassa, milloin taas luvunlaskujen ja kirjain kanssa. Waunuissa ei hänellä ollut muuta työtä kuin panna arvoituksia meidän selvitettäväksemme tahi, kun pisti kouraansa muutamia rahoja, antaa meidän arvata, oliko niiden tekemä summa tasan vaiko ei. Joka oikein arvasi, ei mitään saanut, vaan ken väärin arvasi, sitä nenään näpähytettiin. Hyvin lystiä oli sekin, kun pappa ja mamma puolisen syötyä menivät vähän kylään kävelemään; silloin me katsoimme vaunuja, istuimme niissä kahden kahtuistamme ja olimme olevinamme "herra ja rouva", jotka matkustavat maita ja maailmoja. Väliin mentiin Amerikaan, väliin Afrikaan, välistä Jäämereenkin ja milloin taas mihinkin saareen, jossa asui kesyttömiä kansoja. Wälistä olivat vaunut laivanakin, sillä eihän ainakaan kaikkia matkoja voitu kulkea perheenlaitiossa.

Moni teistä, lapsi kullat, tietysti voi ajatella, kuinka hupaista tämä kaikki oli. Mutta rautatiellä matkustettaessa ei ole puoliksikaan niin lystiä. Siinä ei valjasteta hevosia vanhain vaunujen eteen, siinä ei ajajaa istu kutsipenkillä. Tosin siinä sen sijaan aika parempaa vauhtia mennään.

III.
Ilmalaiva.

Edellisessä kirjeessäni puhuin meidän matkavaunuistamme; nyt otan kertoakseni teille toisenlaisesta ajoneuvosta. Waunuilla kuljetaan maan päällä, niin laaksoissa kuin vuorienkin ylitse. Hevoset vetävät vaununkoppaa, joka vierii eteenpäin pyörillä, milloin kovemmin milloin hiljempää. Talvella pannaan pyörien sijaan jalakset, sillä pyörät kulkevat raskaasti lumessa, vaan reki liukuu sitä keveämmin. Mutta se ajokalu, josta nyt tahdon puhua, ei kulje maan päällä, vaan ilmassa, korkealla pilvien päällä. Oletteko koskaan nähneet ilmapalloa lentämässä? "Olemme", vastaavat muutamat, "emme", huutavat toiset. No, mutta paperileijan, jonka vanhemmat pojat panevat nousemaan, ainakin kaikki olette nähneet. Leijalla ei kukaan ihminen voi istua ja lentää ilmassa, mutta ilmapallolla se vallan hyvin käy laatuun. Ei se ole mikään pyörillinen vaunu eikä rekikään, vaan laiva, ilmalaiva. Katselkaa kuvaa, jonka olen tähän piirtänyt teille. Sitä suurta pallia sekä kopsaa, joka sen alapuolessa riippuu, sanotaan ilmalaivaksi, vaikk'ei se tosin ole niin rakennettu kuin alus, jolla merta purjehditaan. Selittääkseni nyt teille, mistä se tulee, että ilmapallo kohoaa ylöspäin sekä vielä voi kantaa aikaihmisiäkin, pitää minun ensin puhuman teille asioita, joita varmaankin joka päivä olette nähneet, vaikk'ette sen enempää niitä miettineet. Jos viskaatte kiven veteen, niin se painuu pohjaan; mutta puutikku kelluu veden päällä, eikös niin? Te viskaatte laudan kappaleen ilmaan, sepä ei siellä pysykään, vaan putoaa maahan. Jos sentähden tahdotaan saada laivaa ilmassa uimaan, niin ei sitä saa tehdä puusta; sen tulee olla keveämpi ilmaa, joka sitä on kannattava. Ja miten tämä pannaan toimeen, siitä nyt aion jutella.

Ensin otetaan oikein vahvaa silkkikangasta, joka tehdään hengenpitäväksi, s.o. niin tiheäksi, ettei se läpäse edes henkeä eli ilmaa. Tästä silkkikankaasta ommellaan hyvin suuri pussi, joka on nimellä ilmapallo eli balongi (ompa ilmapalloja, jotka ovat isompia kuin tavalliset huoneet.) Reiästä, joka pussiin jätetään, täytetään tämä vissillä kaasulla, eräällä ilmanlajilla, joka on paljoa keveämpää ja ohkoisempaa kuin se ilma, joka on maan ympärillä ja jota hengitämme. Palloa täytettäessä pitää se pantavan lujasti maahan kiinni, sillä, saatuansa vissin määrän kaasua, se paikalla kohoaa ylös. Se suuri ylösalaisin käännetty ilmapallo on täytettynä perunan näköinen, sillä jätetty reikä on alapuolessa ja aivan pieni. Tämän reiän suulle nyt kiinnitetään se varsinainen laiva, turvallisesti leveä kopsa, joka on veneen muotoinen ja johon ne ihmiset istuvat, jotka aikovat lähteä ilmamatkalle. Ompa se nyt hyvin ihanata se lentäminen ilman läpi, kaupunkien ja kylien, peltojen ja niittyjen, maiden ja merien, ihmisten ja eläinten päällitse. Paha vaan, että yhden ainoan asian vuoksi semmoinen matkustus on vastenmielistä ja vaarallistakin. Kun vaunuilla kulette, niin ajaja istuu kutsipenkillä ja ajaa hevosia, milloin oikealle, milloin vasemmalle: jos hän läiskähyttää ruoskaa, nepä nopeammin juoksevat, jos hän ohjista vetäisee, niin ne pysähtyvät. Laivalla purjehtiessanne perämies istuu peräsimen varassa ja ohjaa laivaa milloin minnekin; väliin hän sitä uittaa syvemmässä vedessä, välistä laskee rantaan ottamaan väkeä laivalle tahi päästämään toisia maalle. Ilmapurjehtija taas ei samalla tapaa saata ohjata laivaansa; hän sen antaa nousta joko pikemmin taikka hitaammin, mutta seisattaa, mihin tahtoo, sitä hän ei voi; ilmapallo on kuin poikien paperileijakin tuulenpuuskausten viskeltävänä. Lapsena, kun olin yhtä vanha kuin tekin, pienet ystäväiseni, kuulin kerran puhuttavan ilmalaivasta ja minua kovasti halutti päästä osalliseksi semmoiseen ilmakulkuun. Mutta sepä silloin oli mahdotonta, sillä ensiksikin ei meidän myllylle tullut ketään ilmapurjehtijaa, ja toiseksi, jos joku semmoinen olisi siellä käynytkin, eivät vanhempani ainakaan olisi sallineet minun lähteä niin vaaralliselle matkalle. Heinäkuorman päällä joskus sain istua, sillä Juho oli tarkka ajamaan ja hänen hevosensa säisyt. Wanhempani tiesivät että me, lähdettyämme niitystä, tulisimme onnellisesti takaisin, mutta ilmapurjehtija tietää ainoastansa, mistä paikasta lähtee; minne tulee, sitä hän ei tiedä. Kun kasvoin aikaihmiseksi ja saatoin tehdä mieleni mukaan, samoin kuin teidän vanhempannekin, jotka saavat tehdä mitä tahtovat, satuin minä kerta olemaan eräässä kaupungissa, missä ilmapallon piti nousta ylös. Sanomalehdessä ilmoitettiin: "Ensitulevana maanantaina kello 3 j.p.p. aikoo ilmapurjehtija herra Bernard lähteä matkalle; jos joku mielii tulla mukaan, ilmoittakoon itsensä". Minä olin jo paljon nähnyt ihmeellisiä asioita, olin kerännyt paljon tietoja, mutta ilmamatkassa en vielä ollut käynyt ja ilmoitin siis itseni herra Bernardille. Kun tahdotaan vaunuissa ajella, niin pitää panna hevoset eteen ja juoksemaan. Jos taas lähdetään veneellä soutelemaan, niin täytyy airoilla ponnistaa päästäkseen eteenpäin. Kun tulin ilmalaivan luokse, oli pallo vielä tyhjänä ja se piti ensin kaasulla täytettämän; tätä kesti jokseenkin kauan; mutta vähitellen se turposi ja kangistui, kunnes tuli niin hengestä paisuneeksi, että ne monet köydet, joilla se oli kiinni, tuskin kestivät estämään sitä nousemasta ylös. Ilmapurjehtija astui kopsaan ja minä kanssa. Meillä oli liput kädessämme ja heilutimme niitä hyvästijätöksi, sillä lukematon joukko katsojia seisoi ympärillämme nähdäksensä lähtöämme. Nyt päästettiin köydet irti ja ilmapallo alkoi nousta. Hurraa! onnea matkalle, huusivat ihmiset ja jäivät seisomaan jalkaimme alle. Pian kohosimme kaupungin ylitse, huoneukset pienenivät pienenemistään ja ihmisiä emme enää voineet eroittaa; yhä korkeammalle nyt mentiin vaan, leijailimme kuin linnut ilmassa. Hyvästi nyt, maa! huusin minä ja tunsin olevani oikein alla päin ja alakuloisena, nähdessäni olevani ihan yksin sen ventovieraan miehen kanssa siinä ihmeellisessä laivassa. Jos pallo halkeisi tahi muu vahinko tapahtuisi, niin täytyi meidän pudota rojahtaa alas, sillä niinhän vähä valtaa laivurilla oli aluksensa yli. Tiedättekö, lapset, mitä minä tein? Jos oikein mietitte, senpä tietysti arvaatte? Mitä on ihmisen tekeminen, kun itse on vallan neuvotonna ja hänen omat voimansa eivät ensinkään hyödytä? Jumalaa muistaminen, lapsi kultaiseni; Jumala on taivaassa ja joka paikassa maan päällä. Jumalan kaikkivaltiaisuutta minä ajattelin, liikkuessani taivaan ja maan välillä, ja pelko hävisi kokonansa sydämestäni. Ihmisellä on ymmärrys ja hänen tulee sitä käyttää tietojen saamiseksi ja levittämiseksi; vaarojen pelko ei saa estää meitä kokemasta tutkia luontoa. Jos lapsi uteliaisuudesta tahi häilyvästä mielestä antautuu vaaraan, niin se syntiä tekee, sillä se ei saa mihinkään ruveta ilman vanhempainsa luvatta. Täyskasvuisen ihmisen sitä vastoin täytyy astua monta vaarallista askelta elämässänsä, ja jos hän sitä tekee Jumalan kanssa, ei mikään askel hänelle vahingoksi ole. Moni kyllä saa surmansa semmoisissa tutkimisen yrityksissä; mutta kuolema on vain ruumiin kuolemista, sielu ei kuole. Ja jos ihminen Jumalassa elää ja kuolee, niin voi sanoa: hän ei ensinkään saanut turmiota, nimittäin sielunsa suhteen. Täksi kertoa, rakkaat lapset, tässä jo on kyllä.

IV.
Purjelaiva.

Tässä kirjeessäni ai'on kertoa teille jotakin vesilaivasta. Tämä sana ei ole tavallinen ja minä sitä vaan käytän eroittaakseni sitä ilmalaivasta. Wesilaivoja on monellaisia, kuten veneitä, jaaloja, purjealuksia, höyrylaivoja j.n.e. Pienet alukset kulkevat järvillä ja jo'illa, suuret taas merellä. Pienempiä aluksia kai olette kaikki nähneet, varsinkin tähän aikaan, kuin saatetaan kulkea höyryveneillä kauas sydänmaihinkin asti. Ilmalaiva on uudempia keksintöjä: vesialuksia taas käyttivät jo muinaisemmatkin kansat. Ensimmäiset alukset sanotaan raketuiksi Foinikialaisilta, jotka asuivat Välimeren luona ja olivat naapurina Israelilaisille, joista piplian historia tietää kertoa niin paljon kauniita ja tärkeitä asioita. Foinikialaiset kun asuivat meren ranteella, heissäpä nousi halu lähtemään kaukaisille maille. Alussa he lienevät käyttäneet ontoksi koverrettuja puunrunkoja tahi tukkilauttoja ja sille vähitellen rakentaneet täydellisiä aluksia. Jokaista vesialusta saattaa ohjata niinkuin vaunuja ja senpä vuoksi se juuri onkin niin paljoa etevämpi ilmalaivaa, jonka pitää nouseman ilmaan vallan perämiehettä. Mainioita merenkulkijoita olivat nykyisempinä aikoina Wenetialaiset Italiassa, Hispanialaiset, Portukalilaiset, Englantilaiset ja Hollantilaiset, luonnollisesti kaikki meren luona asuvia kansoja. Jos tahdotte hyviä olla, niin pyydätte äitiä tahi vanhempia siskoja näyttämään teille nämät maat jollakin kartalla. Tiedättekö kertomuksen Robinsonista? Hän oli vuosikausia ihan yksin eräällä valtameren saarella. Jos ei purjelaivoja olisi, ei niin ihmeellistä kertomustakaan olisi kuin se Robinsonista, sillä ainoastansa aluksella hän saattoi tulla saareensa. Hyvin tiedätte paitsi Europaa löytyvän neljä muutakin maanosaa: niistäpä ette ilman laivoitta tietäisikään. — Nyt olen jutteleva teille jotakin erilaisista vesialuksista. Niitä on purjealuksia, nimittäin semmoisia, joita tuuli kulettelee, kauppalaivoja ja sotalaivoja, sekä nykyisempinä aikoina myös höyrylaivoja.

Kauppalaivoiksi sanotaan niitä, joita on kauppiailla ja joilla kauppaa käydään. Niissä on yksi, kaksi tahi kolme mastoa. Tiedättehän, lapseni, joka kaupungissa olevan ison määrän kauppiaita, jotka pitävät sekä kangasten että makutavarain kauppaa. Kankaat kudotaan, nimittäin palttinat, verat, j.n.e.; mutta makutavara eli siirtomaiden tavarat saadaan muista maanosista. Kahvia esimerkiksi tuodaan Itä-Indiasta tahi Amerikasta, teetä Kiinasta. Kun muuttolinnut, jotka vuosittain kulkevat pitkät matkat, eivät tuo muassansa tämmöisiä hyviä aineita, niin pitää meidän itse lähteä niitä noutamaan. Kaikki eivät kuitenkaan voi matkustaa Brasiliaan tahi Kiinaan ottamaan jokaista kahvi- tahi teenaulaa, jota tarvitsevat; heidän pitää siis menemän kauppiaan luokse ja rahalla vaihtaman itsellensä tarpeellisia tavaroita. Kauppias taas lähettää suuria purjelaivoja kaukaisiin maihin ja semmoiset ovat kauppalaivoja. Jokaisella laivalla on kapteini, jonka käskynalaisia kaikki ovat, sekä merimiehet eli matruusit, jotka tekevät kaikki työt, että luonnollisesti myöskin peränpitäjä eli tyyrmanni, joka on yhtä kuin vaunujen ajaja. Laivojen sisuslaitos on hyvin viisaasti ajateltu. Jokainen pienempikin loukko on käytettynä johonkin tarpeesen, sillä pitäähän pitkille matkoille ottaa mukaan varoja runsaasti. Ajatelkaapas vaan, miten paljon ruokatavaraa semmoinen ihmisjoukko, mikä purjelaivalla useinkin on, tarvitsee matkallansa, joka välistä kestää viikkoja, vieläpä kuukausiakin. Semmoista erillistä sänkyä, kuin teidän makuuhuoneessanne, ei laivassa ole ensinkään; siinä ovat makuusijat seinän sisässä melkein kuin piironkilaatikot päällitysten.

Sotalaivat eivät ole kauppaa varten, vaan niitä käytetään silloin, kuin ne kansat sotivat toinen toisensa kanssa, jotka meri eroittaa toisistansa. Semmoiset laivat varustetaan sotamiehillä, kanuunilla ja muilla kaikellaisilla sota-aseilla. Monta suurta ja veristä tappelua on tapeltu merellä. Kun kasvatte isommiksi ja saatte lukea muiden kansainkin historiaa paitse pipliallista, niin saatte myös kuulla meritappeluista. Muinaiseen aikaan taistelivat Kreikkalaiset usioissa semmoisissa tappeluissa, joista vastedes varmaankin luette hyvin mielellänne, kumminkin pojat, jotka nyt jo paljon pitävät sapelista ja pyssystä ruoskan rinnalla.

Höyrylaiva on alus, joka ei tarvitse purjeita, jota ei tuuli kuleta, vaan jolla on kone, mikä panee rattaat liikkumaan ja niiden kautta laivan eteenpäin menemään. Usealla järvellä meidän maassa nykyjänsä kulkee höyryveneitä: niitä eivät tietysti useimmat teistä, lapsukaiseni, ole nähneet. Oikein onkin kaunis katsella, miten semmoinen pitkä alus korkeine piippuinensa mennä sujuttaa vettä pitkin. Höyrylaiva kulkee tavallisesti nopeammin kuin purjealus, sillä sen ei tarvitse huolia tuulesta, joka joskus käy suoraan vasten laivaa, vaan ei kuitenkaan estä sitä kulkemasta.

Risto setä on iässään kulkenut pitkät matkat. Minä, näette, olen käynyt Amerikassa, Itä-Indiassa ja Afrikassa. Ett'en kaikkiin näihin paikkoihin ole matkustanut mukavissa vaunuissa enkä ilmapallossakaan, senhän kyllä ymmärtänette, sillä siltoja valtameren ylitse ei ole eikä taas ilmassakaan saada niin pitkiä matkoja kulkea, kun, kuten jo sanoin, ilmalaivalla ei ole perämiestä, joka mielensä mukaan voisi tien ja suunnan määrätä. Olen siis matkustanut vesilaivalla päästäkseni muihin maanosiin. Itä-Indiaan minä matkasin purjelaivalla, mutta Amerikaan ja Afrikaan höyrylaivalla.

Seuraavassa kirjeessäni kerron teille toisenlaatuisesta kulkuneuvosta, jota sanotaan erämaan laivaksi. Tiedättekö, mikä se on? Kokekaapa arvata. Erämaa eli aavikko ei ole mikään vedenpinta, vaan hietalakea; mutta hiedassa ei purjealus eikä höyrylaivakaan voi liikkua.

V.
Erämaan laiva.

Nyt me lähdemme hyvin kummalliselle matkalle. Kuten tämän edellisessä kirjeessäni sanoin, ei mikään laiva voi uida erämaan läpitse, kun se on paljasta hietaa. Näillä hieta-merillä käyttävät ihmiset matkataksensa kameleja, joita senvuoksi sanotaan erämaan laivoiksi. Erämaa eli aavikko on hedelmätöntä, paksulla hiedalla peitettyä maata, jossa ei kasva puita, ei pensaita, ei ruohoa, ei kukkia. Erämaassa et tapaa lähteitä, et puroja etkä jokia. Ainoastansa muutamissa kohdin on hedelmällisiä paikkoja, saarten näköisiä, missä ruohoa lähtee maasta, joitakuita pensaita viheriöitsee ja joku lähde porisee, semmoisia saaria hietameressä sanotaan kosteikoiksi. Suurimpia aavikoita on Sahara Afrikassa; Arapian erämaan Aasiassa te tietysti paremmin tunnette, sillä siellähän Israelilaiset vaeltelivat neljäkymmentä vuotta, jolloin Moses Jumalan käskystä pelasti heidät Egyptin vankeudesta ja orjuudesta. Sellaisen erämaan kautta kulkeminen on kovin vaivalloista, sillä vaunuilla on mahdoton päästä paksun ja kuivan hiedan läpi. Arapialaiset aina ratsastavat erämaan poikki, enimmiten kamelilla. Tavallisesti monen monituista henkeä, enimmäksensä kauppiaita, suostuu keskenänsä kulkeakseen yhdessä se vaarallinen matka. Heillä on silloin kokonainen karja kameleja, joita pidetään kuorma-eläiminä eli juhtina ja joiden selkään suuria kantamuksia ladotaan. Semmoinen kamelikarja ynnä tienneuvojain ja matkustajain kanssa on nimeltä kauppamatkue. Kun meren yli matkustetaan, niin otetaan mukaan suuret varat ruoka-aineita, siihen vielä juomavettäkin, sillä meren vettä ei saa juoduksi. Erämaan laivan täytyy samoin kantaa juoma-vettä selässänsä; mutta ompa sillä vatsassakin sitä. Eikös tämä ole hyvin ihmeellistä? Kamelin vatsassa on nimittäin eri kammio eli pesäke, jossa melkoinen määrä vettä pysyy puhtaana ja raitisna juuri kuin astiassa. Joskus tapahtuu, että kamelin täytyy tästä omasta vesivarastansa antaa ihmisillekin, luonnollisesti toki vaan suurimmassa hätätilassa. Kun kauppamatkuetta kohtaa onnettomuus, kun ei se oikeaan aikaan voi päästä sille kosteikolle, mistä saa uusia vesivaroja, ja kun säkit ja astiat jo ovat tyhjennettyinä, silloin täytyy ihmisen, ett'ei itse janoon kuole, ruveta teurastamaan joku kameli ja juo sitte janoonsa sitä vettä, jota löytää kamelin vatsasta. Se teistä, lapseni, joka on vanhempiensa kanssa ollut ulkomailla, Dresdenissä, Berlinissä tahi muussa pääkaupungissa, on varmaan myös käynyt jossakin eläintarhastossa, sillä semmoisia tavallisesti on kaikissa isommissa kaupungeissa, sellaisessa eläintarhastossa olette silloin nähneet ulkomaankin eläimiä ja niiden seassa kamelejakin. Myöskin menaserioissa eli eläimistöissä niitä joskus saa nähdäkseen, vaikka tosin Suomeen kovin harvoin kameleja on tullut.

Kamelilla on kaksi rasvakyttyrää selässä, dromedarilla vaan yksi. Nämät rasvakyttyrät ovat tällä eläimellä varasäilyn eli aitan tapaisina niinkuin se mahassansa säästelee vettä saattaaksensa hädän hetkellä sitä nauttia, samoin se myös säilyttää rasvaa kyttyröissänsä. Kun sillä on runsaasti ravintoa, niin kyttyrät kasvavat, mutta jos se nälkää näkee, niin se saa elinvoimaa näistä kyttyröistänsä, jotka siinä tapauksessa vähenevät. Semmoisesta eläimestä luonnollisesti on suuri hyöty matkoilla erämaassa; se laivan tavalla kantaa kaikki ruokavarat, tavarat ja ihmiset sekä jaksaa mitä kauemmin kärsiä nälkää ja janoa tämmöisissä hedelmättömissä paikoissa. — Sellaisellakin laivalla minä olen kulkenut. Kun rautatietä tahi vaunuissa tahi höyryveneellä kuljette paikasta toiseen, niin tiedätte illalla joko pääsevänne matkanne perille taikka tulevanne johonkin yösijaan. Siellä löydätte huoneen kunnossa, vuoteen tehtynä ja ehkäpä vielä iltaispöydänkin katettuna. Erämaassa, kun minä kamelilla yhdessä kauppamatkueen kanssa kuljin tätä matkaa, ei ollut ensinkään huoneuksia, mihin poiketa saattoi: kameli kantoi selässänsä minun katetun pöytäni, valmistetun vuoteeni. Auringon laskettua me seisahduimme ja otimme yömajamme alas kamelin selästä; oli nimittäin muiden kaikellaisten kalujen joukossa myös teltti, joka pystytettiin hiedalle ja jossa minun piti nukkuman. Myöskin matkatoverillani oli teltit maassa ja ei aikaakaan kuin oli koko jono kelttiä pystyssä. Iltaista emme myöskään voineet hankkia mistään ravintolasta, sillä semmoistahan ei ollut yhtäkään tällä hirmuisen autiolla lakealla; erämaan laiva kantoi selässänsä sekä yösijat että ravintoaineet. Neljä viikkoa kesti matkamme; joka ilta levitettiin teltit pystyyn ja joka aamu ne taas purettiin ja asetettiin kamelin selkään. Helppoa ja mukavaa ei semmoinen matkustus suinkaan ole, vaan erittäin merkillistä. Erämaan laiva on hyödyllinen eläin, eikö niin, lapsi kullat?

VI.
Höyryvaunu.

Kun teenkeitin, täynnänsä kiehuvaa vettä, seisoo pöydällä ja hyvä äitinne laittaa teetä, tahi kun kyökkipiika nostaa ruokapalaa tulelta, niin näette pilviä, jotka siitä kohoavat ylös ja savun tapaisina haihtuvat ilmaan. Mutta savua eivät nämät pilvet olekaan, vaan höyryä, jota lähtee kiehuvasta vedestä. Jos ken sanoisi teille, että höyryä saattaa verrata hevoseen, niin varmaan sitä nauraisitte ja ehkä arvelisitte, että eihän hevonen ensinkään ole sen höyryn kaltainen, joka nousee teenkeittimestä tahi soppavadista. Tosin eivät he ulkomuodoltansa ole toinen toisensa kaltaiset, vaan voimansa suhteen. Hevoiset saavat vaunun liikkumaan, samoin myös höyrykin. Jos te joskus vanhempienne tahi muiden tuttavien seurassa matkaatte Helsinkiin, niin sen kyllä nähdä saatte. Siinä vetää höyry koko jonon isoja matkalaisvaunuja, joissa on satoja henkiä väkeä, ja vielä lisäksi useita tavaravaunuja. Monta vuotta sitte, kun Risto setä vielä oli lapsena, ei ollut mitään höyryvaunuja, sillä nämät keksittiin vasta myöhemmin. Kun siihen aikaan matkasimme äitimme vanhempain luokse, jotka asuivat 8 peninkulman päässä meidän myllyltä, niin läksimme kotoa aamulla varhain, kuljimme koko päivän, syötimme hevosiamme puolipäivän aikaan, olimme yötä eräässä pikkukaupungissa, matkasimme vielä koko seuraavan päivän ja tulimme vasta illalla perille. Nyt kulkee saman matkan puolessakolmatta tunnissa. Niin suuri on eroitus höyryn ja hevosen voiman välillä.

Rautatiellä kulkeminen on hyvin merkillistä ja samalla myös huvittavaa. Onpahan se lystiä, kun enemmän kuin kolmen peninkulman vauhdilla tunnissa lennetään eteenpäin. Kun ajetaan kyydillä tahi omilla hevosilla ja ajaja heiluttaa ruoskaansa, niin aina tulee sääli hevois-parkoja, joiden useinkin kovimmassa päivän helteessä, jolloin ihminen tuskin käydäkään tahtoisi, täytyy juosta ja vielä päällisiksi vetää raskaita vaunuja suurissa vastamäissä ja paksussa hiedassa. Jos seutu on kaunista, niin tosin mieluisemmin kuljen omilla hevosilla kuin rautatietä; mutta joutuisasta ja halvemmasta matkan perille pääsemisestä on kuitenkin niin paljo hyötyä, että jokainen ennemmin lähtee rautateisin. Serkkuni Kaarle, jonka kanssa monta kertaa matkustin, ei koskaan voinut suostua tähän joutuisuuteen ja kiireesen. Kertaa useammin tapahtui, että kun hän issikan vaunussa ajaen tuli rautatienkartanoon, niin jopa vihelsikin höyryveturi (lokomotivi) ja vaunujuna meni menojaan. Ensi kerralla hän kyllä huusi: "odottakaa, odottakaa! minä kanssa tahdon mukaan tulla!" mutta höyryveturilla ei ole korvia, se menee vaan nenäänsä myöten eteenpäin; höyrylaiva ehkä olisi minuutin odottanut, mutta höyryvaunu ei huoli mistään. Kerran taas tuli Kaarle serkkuni oikeaan aikaan ja pääsi mukaan. Tiellä tuli hänen nälkä, hän astui ulos vaunusta Hyvingällä ja meni yhdessä muiden matkustajain kanssa pysäyspaikan saliin syömään. Pikaisesti ryntäävät kaikki pöydän eteen, kuka ottaa kupin kahvia, kuka pyytää putelin olutta, mikä sieppaa voileivän juuston kanssa, mikä voileipää ja vasikanpaistia. Kaarle serkku tunkeikse verkalleen edes ja silmäilee ruokia; kahvi on hänestä ylen kuumaa, olut liian väkevätä, juusto kuivaa, vasikanliha liian vähän paistettua, paras lienee ottaa puteli seltterivettä: ei toki, onpahan leivoskakkukin kylläksi. Istuu sitte pöydän ääreen, panee piippuunsa ja sytyttää sen, ja asettaa lautasen eteensä. Jo viheltää lokomotiivi. Mitä nyt? joko juna lähtee? "Tule pian!" huudan minä. Kaarle serkku ottaa muristen leivoskakkunsa, unohtaa piippunsa ja toruelee koko seuraavan välin. —

Mutta niinpä sen aina käy, joka lapsuudessaan on tottunut hitaaksi eikä ottamaan ajasta vaaria. Toivoni on, lapsi kullat, ett'ei kukaan teistä ole serkku Kaarlen tapainen; mutta jos kuitenkin joku ansaitsee saada nimen serkku Hitainen, niin hän aina muistakoon, että hänen pitää mennä eteenpäin höyryllä, sillä muuten hän jää kaikista muista ihmisistä perään, ja sepä se pahinta on. Eteenpäin, lapset, eteenpäin, näin kuuluu aina elämässä? — Hyvästi nyt vaan!

VII.
Aarniometsä.

Kun matkalle lähdetään, niin tavallisesti paljon uutta nähdään. Tähän asti olen kertonut teille kaikenlaista siitä, miten eri tavalla matkustetaan, vaan en ensinkään, mitä matkoillani olen nähnyt. Sen nyt tahdon tehdä. Hyvinpä tietänette, lapsi kullat, mikä metsä on, sillä tietysti joskus olette semmoisen läpitse kulkeneet; mutta mikä aarniometsä on, sitäpä hyvin harvat teistä tietänevät. Kylläpä aarniometsässäkin on lapsia, mutta tuskinpa ainoakaan näitä kirjeitäni sinne tulee. Aarniometsä on metsäin seassa sama kuin jättiläinen ihmisten joukossa, nimittäin hyvin iso ala maata, johon mahdottoman suuria ja vanhoja puita on kasvanut ja jotka ovat sidottuina toisiinsa pensailla ja muilla kasveilla, niin ett'ei semmoisessa metsässä ollenkaan saata kävellä niinkuin meidän metsissä. Senlaisia aarniometsiä tavataan kaukaisissa maissa, missä vähä ihmisiä asuu ja missä puut siis saavat vuosisatoja kasvaa rauhassa kenenkään estämättä. Meillä kaadetaan puut osittain huoneiden ja laivojen rakentamiseksi, osittain poltettaviksi. Meidän metsissä on myös eläimiä, vaan ainoastaan jäniksiä, kettuja, susia ja karhuja: mutta aarniometsissä saa nähdä useita julmia petoeläimiä, joita vaan eläimistöistä eli menaserioista ja kuvakirjoista olette tulleet tuntemaan. Lienen jo ehkä puhunut minulla olevan niin kovin suuren halun matkustaa; mielelläni tahtoisin oppia tuntemaan koko maan, vieläpä mennä kuuhunkin, jos vaan mahdollista olisi; mutta sinnepä eivät ihmiset pääsne, sillä vaikka ilmalaivalla voi päästä pilviin saakka, niin sieltä vielä on matkaa kuuhun. Minä olen jo nähnyt paljon asioita, olen nähnyt isoja kaupunkeja, pieniä kaupunkeja, kyliä, metsiä, peltoja, niittyjä, puutarhoja. Mutta kun aina olin ollut ihmisten parissa, aina semmoisilla seuduin, joissa heti saatoin nähdä ihmisten käsien työtä tehneen; niin nyt olin aivan utelias näkemään, miten laita on niissä paikoin, missä ei ihmisiä oleskele. "Aarniometsä", arvelin minä, "sepä oikein ihmeelliseltä näyttänee. Siellä ei ole ihmisen jalka käynyt milloinkaan". Läksin siis menemään, ajoin troskalla rautatienkartanoon, sieltä rautatietä Helsinkiin, täällä höyrylaivalla "Aleksander" Lyypekkiin ja sitte Hampurista purjelaivalla Amerikaan. Siellä tulin ensin suureen kaupunkiin, sillä aarniometsiä ei heti meren rannalla ole. Tässä kaupungissa tapasin erään miehen, joka mieli myödä minulle jonkun alan aarniometsää. Hän näytti minulle kartasta, missä se oli, minä maksoin hänelle vähäisen summan rahaa ja läksin sitte etsimään metsätilustani. Minä tiesin saavani siellä olla ihan yksin enkä löytäväni mitään huonetta enkä mitään ruokaa; tiesin pitävän itse rakentaa huoneeni ja itse hankkia ruokaa. Huoneuksen rakentamista vasten täytyi minun kaataa puita aarniometsästä ja sitä en voinut tehdä kynäveitsellä, joka oli taskussani. Aarniometsässä pitää oleman salvomiehenä ja sentähden ostin työkaluja. Wielä oli hankkiminen itselleni pyssykin, jolla saatoin ampua paistin itselleni, sekä myös maanviljelykaluja maata muokatakseni ja potaatteja istuttaakseni. Sitte kuljin monta päivää erästä, Mississippi nimistä, jokea ylöspäin ja tultuani siihen paikkaan, kussa piti nousemani maalle, otin suuren kaluarkkuni ja läksin hakemaan likimmäistä uudistilallista. Tämä oli jo varallinen mies ja häneltä vourasin hevoset ja rattaat mennäkseni omaan aarniometsääni. Viimein jo yksinäni olinkin arkkuineni jättiläis-metsässä. Kuinka toisin oli minusta kaikki kuin mitä olin odottanut näkeväni. Puita, puita, yhä vaan puita, pensaita, pitkää heinää, kaikenlaisia kasveja, kaikkia sekaisin, ei ensinkään aukeata maata. Huonetta rakentaakseni täytyi minun ensin raivata maa. Arvannette sen, mihin pulaan minä jouduin, vaikka oli kaikenlaisia kapineita. Kuitenkaan ei hätäni ollut niin suuri kuin ensi alussa luulin. Naapurini, jotka jo jonkun aikaa olivat asuneet aarniometsässä ja joilla oli huonerakennukset ja pellot, tekivät minulle apua. Muutamassa viikossa tuli pölkkyhuoneeni valmiiksi. Se tehtiin pyöreistä puunrungoista, jotka pantiin päälletyksin, ja siinä oli ikkunat kolmella puolen ja ovi neljännessä seinässä.

Nyt minä siis olin uudistilallinen — siksi nimittäin sanotaan maanviljelijöitä Amerikan aarniometsissä. Useinkin asuvat uudistilalliset monen peninkulman päässä toisistaan. Jolla on vaimo ja lapsia, hän kyllä saa eletyksi täänlaisessa yksinäisyydessä; mutta minä kun olin vallan yksin, niin tämä oloni useinkin oli minusta kamalata. Lähimpinä naapurinani oli hirviä, villikissoja, metsäkalkkunoita, käärmeitä, sammakoita, karhuja, kukkarohiiriä, j.m. Jos minua halutti tulla ihmisten pariin, niin täytyi käydä kuusi seitsemän virstaa aarniometsän läpitse. Kolme vuotta jaksoin minä kärsiä tämmöistä elämää, mutta sitte mielestäni jo olin saanut tarpeekseni, sillä uteliaisuuteni oli tyydytetty. Tulikin sitte luokseni muuan mies, joka mieli ruveta asumaan tässä. Naapurini olivat nimittäin hänelle kirjoittaneet täällä olevan kaupaksi pölkkyhuoneuksen ynnä myös peltomaita. Mies oli iloinen, kun sai ostaa valmiit kasvumaat, ja minä möin hänelle kaikki, yksin työkalunikin. Itse läksin sitte jalkaisin Mississippi-joelle, sitte höyryveneellä Nev-Orleansin kaupunkiin ja sieltä purjelaivalla kotiin takaisin. Kuinka minä iloitsin, kun taas olin kotona! Kaikkialla on hyvä olla, mutta kotona parhain. Jumala oli kanssani aarniometsässäkin, mutta mieleni oli vaan kotiin ja sitä ikävöitsin. Erinomaisen mielelläni minä matkustelen, mutta paras on kuitenkin ollakseni kodissa.

Tulevassa kirjeessäni juttelen teille amerikalaisesta farmista eli maatilasta ja uudistilallisista.

VIII.
Farmi.

Wiimeis-kirjeessäni lupasin puhua teille jotakin amerikalaisesta farmista. "Farm" on englanninkielinen sana ja merkitsee vähempää maatilaa: "farmer" on tilan vouraaja tahi tilanhaltija. Amerikassa sanotaan farmeriksi niitä, jotka joko itse ovat tehneet jonkun alan aarniometsää viljamaaksi taikka ostaneet valmiin uutistilan. Joka ihmisen pitää tekemän työtä, muuten hän ei ole ansainnut sitä, että Jumala on lahjoittanut hänelle terveet jäsenet ja hengenlahjat. Ihmisen työnteko on hänen erilaisen tilansa mukaan yhteis-elämässä. Wirkamies tekee työtä päällänsä ja kynällänsä, samoin myös oppinut. Sotamies oppii käyttämään aseitansa, käsityöläinen harjoittaa ammattiansa. Myös keisarikin työskentelee hyvin ahkerasti ja onkin hänellä kovin vaikeita töitä. Ylenkatsottava on jokainen, joka ei työhön kykene tahi jolta työtä puuttuu. Myöskin vaimoihmisten pitää oleman ahkeria, niinikään lastenkin; saattavatpa pienoisetkin kehittää tilkoja, kutoa sukkasiteitä, palmikoita, pistellä ompelumeistiä eli mynsteriä, piirrellä j.m. Ihminen on luotu tekemään työtä, ja toisaalta taas on niitäkin ihmisiä, joiden täytyy työtä tehdä voidaksensa elää. Niin on erittäinkin maanviljelijäin laita. Nyt vien teidät amerikalaisen farmerin luokse. Tuossa hän asuu pölkkyhuoneessansa, jonka hän on rakentanut naapuriensa avulla. Mutta hän tarvitsee ruokaakin. Ensi aikoina häntä naapurit auttavat, lainaavat hänelle leipää ja potaatteja, mutta vaan niin kauan, kunnes hän on kaatanut kaikki huoneen ympärillä seisovat puut, vääntänyt kannot ja juuret maasta ylös sekä kyntänyt ja kylvänyt. Jos uusi farmeri on laiska, niin hän voi kuolla nälkään tilallansa; mutta jos hän tekee työtä, niin hän saa enemmän satoa kuin vuodessa tarvitsee, jotta voipi myödä mitä yli on. Minä tunsin erään herra John'in, jolla oli kaunis farmi ja jonka luona asuin kokonaisen vuoden sitte kuin olin oman farmini myönyt.

Herra John oli kauan elellyt aarniometsässä ja hänen läheisyyteensä oli asettunut koko joukko perhekuntia; monen peninkulman laajuudella oli pölkkyhuoneita ja niiden ympärillä viljamaita, ja herra Johnin farmi oli melkein niiden keskellä. Joka farmilla asui perhekunta, muutamilla oli palkollisiakin, vaan ei suinkaan usealla, sillä tavallisesti farmeri itse vaimonensa ja lapsinensa toimittaa kaikki työt. Kirkkoa ei tällä seudulla ollut; jumalanpalveluksessa käydäkseen täytyi niiden asujanten kulkea pitkät matkat. Mutta kaikki kuitenkin kaipasivat keskenäistä yhdistymistä palvelemaan Jumalata, josko ei mihinkään kirkkoonkaan papin tykö. Myöskin mielivät asujamet panna koulun toimeen, sillä yksityisten perheitten oli kovin vaikea opettaa lapsiansa, kun ei kellään siihen ollut aikaa. Niinpä sitte herra John, hän kun asui kaikkein naapuriensa keskellä, päätti rakentaa koulutalon ja ehdoitteli minua koulumestariksi. Minulla ei ollut mitään sanomista sitä vastaan ja lupasin jäädä tänne siksi kuin erään farmerin poika, joka oli lähtenyt Europaan oppimaan ja harjautumaan koulunopettajaksi, sieltä palajaisi takaisin. Muutamassa viikossa valmistui koulutalo. Siellä minä istuin lapset ympärilläni ja opetin heille uskontoa, lukemista, kirjoitusta ja luvunlaskua. Sunnuntaisin kokoontuivat suuret ja pienet koulutaloon ja minä luin heille raamattua ja pidin rukouksia. Suurella mielihyvällä vielä muistelen tätä aikaa. Matkanhaluinen Risto setä oli nyt sidottuna kiinni isoksi aikaa. Saatonpa melkein sanoa sitä vuotta suloisimmaksi koko iässäni, jonka elin koulunopettajana farmilla, ja tästä virasta en luopunutkaan ennen kuin se uusi opettaja saapui paikalle. Minun koululapseni saattaisivat olla esikuvana teille, sillä he olivat ahkerampia kuin tavalliset koululapset Europassa. Auringon nousussa piti heidän ruveta auttamaan vanhempiansa karjan hoidossa ja toimittamaan kaikenlaisia askareita; koulutunnit oli minun sovittaminen näiden töiden mukaan. Te, ystäväiseni ette voi ajatella ja arvata, kuinka monet tehtävät näillä farmerien lapsilla on. Muistakaa heitä, kun teillä joskus ei ole halua heti tehdä sitä työtä, joka tehtäväksenne on pantu. Täyttäkää aina velvollisuutenne, olkaa tottelevaiset ja elkää milloinkaan unhottako Jumalan antamaa käskyä: "rukoile ja tee työtä!"

IX.
Sokerimaa.

Kuka lyö vetoa mun kanssani? Minä sanon: kaikki lapset syövät mielellänsä sokerikakkuja, leivoksia ja marjahilloja, juovat mielellään suklaata ja muuta, joka vaan makeata on. Eipä kukaan lyö vetoa, sillä ei kukaan lausu minun väitöstäni vastaan, kaikki ovat vakuutetut siitä, että minulla on oikein mielehistä ruoan höystettä. Senpä vuoksi luulenkin teitä huvittavan saada kuulla jotakin sokerin kodista. Joku aika sitte kuulin puhuttavan eräästä tyttösestä, joka piti niin paljon äitinsä sokerituosasta, vaan ei milloinkaan uskaltanut anoa sokeripalaa, vielä vähemmän ottaa semmoista ilman luvatta. Tämä tyttönen päätti laittaa itsellensä sokerimaan. Kun isä keväällä panetti potaatteja isoon peltoon, niin tyttö ahkerasti kaiveskeli oman puutarhansa pienessä penkissä. Saatuansa maan hyvin pehmitetyksi ripotteli hän siihen sokerimuruja. Siitäpä nyt tuli aika juhla; ei kuitenkaan mikään elojuhla tyttöselle, vaan pienille lintusille, jotka nokkivat kaikki sokerin muruset suuhunsa. Wanhemmat tosin nauroivat vähän, mutta samalla he myös sanoivat Jumalan antavan ainoastansa siemenien kasvaa, esimerkiksi kauran, rukiin ja nisun jyvien, niin myös potaattien j.n.e. Te, pikku ystäväni, jo kaiketi tiedätte ett'ei valmista sokeria voida kylvää eikä koota. Mutta mistä sitte sokeria saadaan? Farmilla asuessani minäkin joka vuosi kokosin sokeria; mutta minulla ei mitään sokerin kasvatusmaata ollut, sokeria juoksi minulle puista vaan. Mississippi-joen luona nimittäin kasvaa erästä puunlajia, nimellä sokerivahteri, jonka nesteestä eli mahlasta sen maan asukkaat keittävät sokeria. Kun neste keväällä puihin kohoaa, niin ne saavat uudet lehdet. Tähän aikaan vuotta on sokerivahterin neste hyvin makeata. Silloin minä ja naapurini muutimme muutamiksi päiviksi metsään. Siellä oli meillä erityinen pölkkyhuone, jonka suuressa liedessä oli tilaa avaroille rautapadoille. Sokerivahteriin väännettiin reiät, niihin pistettiin pienet putket ja niiden alle asetimme sangot. Sokerineste sai sitte valua sankoon, tästä se kaadettiin pataan ja keitettiin siinä. Sen makean nesteen alle tekeytyi nyt siirappia, joka jäähdyttyänsä hyytyi sokeriksi. Tällä tapaa ei kuitenkaan saada semmoista sokeria, jota puodista ostetaan, sillä sitä valmistetaan sokeriruovon tahi valkojuurikkaan nesteestä.

Amerikassa on suuria sokerimaita. Sokeriruokojen kypsyttyä lyödään ne poikki ja kaikki neste puserretaan ulos. Tämäkin neste keitetään ja sitä sanotaan sitte sokerisannaksi, josta sittemmin isoissa vaaprikoissa suurella työllä valmistetaan niin sanottuja sokerikekoja. Sokerin kasvatusmailla Amerikassa tarvitsee niiden omistaja monta ahkerata kättä hoitamaan niitä. Kun meidän maassa maanviljelijä mielii kyntää peltonsa ja korjata eloa, niin hän joko pestaa itsellensä palkollisia taikka työmiehiä päiväpalkalle. Niille ihmisille, jotka tahtovat hänen luonansa työtä tehdä, sanoo hän: "minä annan teille asunnon, ruoan ja palkkaa, tahdotteko tulla palvelukseeni?" Työntekijät suostuvat siihen ja jäävät olemaan hänen luonansa niin kauan kuin isäntänsä tahi he itse tahtovat. Amerikassa tosin myös saattaa pestata työväkeä; mutta siellä on myöskin tapa ostaa työmiehiä samoin kuin pöytiä ja kaappeja ostetaan. Semmoisia sanotaan orjiksi. Toisilla on jyviä, voita, villoja, kankaita ja muuta tavaraa kaupaksi, toiset taas ostavat näitä, kun näitä tarvitsevat. Amerikassa pidetään orjamarkkinoita, joissa saapi ostaa mustia työntekijöitä. Ken jonkun neekerin ostaa, hän saa tehdä hänen suhteensa mitä vaan tahtoo, ja neekeri ei saa koskaan lähteä herransa luota; ei sittekään, vaikka tahtoisi hakea itsellensä toista palveluspaikkaa, sillä hän on herransa oma juuri kuin mikä pöytä tahi pytty. Saattaapa herra vielä myödäkin hänet, jos tahtoo. Tämä tällainen asia on kovin surkeata ja se on nostanut paljon riitaa ja sotaa maailmassa. Useat herrat pitävät orjiansa hyvin pahasti; mutta on niitä joukossa parempiakin ja sen minäkin näin. Tunsin siellä Amerikassa erään englantilaisen herran, nimeltä Harris, joka oli suuren sokerimaan isäntä.

Häntä neekerinsä sydämellisesti rakastivat, sillä hän oli isänä heille ja piti heistä huolta kaikella tapaa. Harris herralla oli kaksi lasta, poika William ja tytär Alice. He usein leikkivät neekerien joukossa ja hyvin erinomaista oli nähdä näitä kahta heleänvalkeata lasta pikimustain työmiesten joukossa. Heidän paras ystävänsä kuitenkin oli David, sillä hän teki kaikkia mitä suinkin voi heitä huvittaaksensa. "Mistä saisimme opettajan Williamille ja Alicelle?" sanoi kerta Harris. David oli opinhaluinen nuorukainen, hänpä tarjoutui näiden opettajaksi. Isä nauroi sydämen pohjasta, sillä David ei itsekään osannut lukea eikä kirjoittaa. Mutta lapset olivat vielä pieniä ja musta David tahtoi ruveta käymään koulua oppiaksensa lukemaan ja kirjoittamaan. "No", ajatteli isä, "jos pojalla on niin hyvä halu käydä koulua, niin käyköön sitte". Lähitienoossa oli koulu. Sinne lähetettiin David ja pantiin pieninten lasten joukkoon. Hän oli niin erinomaisen ahkera ja tarkkaavainen, että opettaja pian rupesi opettamaan häntä yksin. David oppi nyt ei ainoastansa lukua ja kirjoitusta vaan myös uskonoppia, niin että voi tulla kastetuksi. Hänen vanhempansa eivät olleet kristityitä, vaan pakanoita, ja semmoisena hänkin oli tullut Afrikasta meren yli Amerikaan. Kun hän oli kasteen saanut, olivat molemmat lapset jo kasvaneet niin suuriksi, että hän saattoi ruveta opettamaan heitä. David piti heistä paljon ja he hänestä, niin että lukeminen edistyi oikein hyvin. Väliajoilla luki David hyviä kirjoja ja oppi niistä yhä enemmän, niin että saattoi monta vuotta olla lasten kotiopettajana. Kun nämät sitte lähetettiin muutamaan Londonin koululaitokseen, seurasi David myötä ja luki yliopistossa niin paljon, että pääsi papiksi. Sittemmin palasi hän Amerikaan sekä käännytti ja kastoi kristinuskoon paljon neekerejä.

Ei muuta kuin hyvästi nyt, lapsikullat. Jos eläessäni vielä kerta tulen
Amerikaan, tottahan saan sanoa terveisiä teiltä sille hyvälle Davidille.

X.
Teen saanti.

Tämän edellisessä kirjeessäni kerroin teille sokerimaista Amerikassa; tänäpänä saatte kuulla, miten teetä saadaan. Eihän tee sokeritta maistu hyvältä, eikös niin, ystäväiseni? Wanhempanne eivät varmaankaan anna teidän juoda semmoista teetä, jota meillä kasvaa, osittain puissa, osittain niityillä. Wallan pienet lapset, jotka vielä kehdossa makaavat, saavat juoda saunakukista keitettyä teetä. Näiden pienoisten parkuessa ajattelee äiti: "mun pikku nukkeni lienee kipeä", ja käy kohta tuomaan vähän saunakukkia, kaataa kiehuvaa vettä päälle, juoksuttaa sille teeveden siivilän läpi, panee sokeripalan kuppiin ja antaa lapselle muutaman teelusikallisen. Kun isommat lapset ovat vilustuneet ja yskivät, niin he peitetään sänkyyn ja heillekin annetaan teetä, että tulisivat hikeen: tämä tee on seljapuun teetä eli rintateetä.

Mutta se tee, jota aika ihmiset juovat, tuodaan samoin kuin kahvikin, Kiinasta. Sillä pojalla tahi tytöllä, joka tuntee Risto setän ja lukee hänen kirjeitänsä, pitää aina oleman kartta käsillä. Kuka tietää Kiinasta, josta teetä saadaan? Mikä Kiina on? Etsipä se nyt kartasta. Jos äitinne tahi vanhempi sisarenne lukee teille näitä kirjeitä, hepä varmaan näyttävät, missä Kiina on. Se suuri ja lavea maa Aasiassa on nimeltään Kiina. Siellä asuvat Kiinalaiset, jotka pitävät hyvin eriskummaisia hattuja ja niskansa takana pitkää hiuslettiä. Kiina on hyvin merkillinen maa ja Kiinalaiset ovat viisasta kansaa ja hyvin taitavia käsitöiden tekijöitä. He valmistavat oivallista silkkiä ja vahvoja pumpulikankaita ja erittäinkin kaunista posliinia. Ehkä joku teistä on nähnyt pieniä kiinalaisia kahvikuppiakin? Muinoin eli Kiinan mailla eräs hyvin oppinut ja hurskas mies, nimeltä Konfucius: hän sääsi Kiinalaisille hyviä lakeja ja antoi heille useita hyviä neuvoja sekä perusti uskonnon, jota useimmat Kiinalaiset tunnustavat. Tähän asti on ollut vaikea päästä Kiinan maahan, jonka vuoksi ei kristityitä lähetyssaarnaajoitakaan ole saanut tulla sinne saarnaamaan niinkuin muille pakanallisille kansoille. Kiinalaiset karttavat yhtymistä muiden kansain kanssa ja tahtoisivat kaikkia ennemmin elää kuin suljettuina linnoihin. Senpä vuoksi he rupesivat rakentamaan muuriakin koko valtakuntansa ympäri. Wasta nykyisempinä aikoina on Europalaisille onnistunut päästä likempään yhteyteen kiinalaisten kanssa. Kauppamiehiä jo ennenkin pääsi sinne, mutta vaan muutamiin harvoihin satamoihin. Näihin he saivat jättää tavaransa sekä vaihettaa niitä teehen ja posliiniin; mutta sen tehtyä täytyi heidän heti kohta purjehtia pois eivätkä saaneet mennä edemmäksi sydänmaille. Paljon olen matkustellut, mutta Kiinassa en vielä ole käynyt, vaikka minua kovin haluttaa tulla tuntemaan Kiinan merkillistä kansaa. Teetä, josta nyt mielin kertoa teille, kasvaa siellä paljolta. Teepensaan lehdet riivotaan pois, kun niiden kokoamisen aika on tullut, kuivataan sitte ja sullotaan laatikkoihin. Suomeen tuodaan teetä joko purjelaivalla taikka maata myöten Siperian ja Venäjän kautta. Jos katselette karttaa, niin näette, kuinka pitkät matkat teen pitää kulkea, ennenkuin tulee mammanne teetuosaan. Merta myöten tuotu tee ei ole niin hyvää kuin se, jota kauppamatkueissa tulee Venäjälle, mutta tämä jälkimmäinen onkin paljoa kalliimpaa.

Kun äitinne joskus antaa teidän juoda hiukan verran teetä, niin ette saa unhottaa, että teidän tulee siitä kiittää kiinalaisia, ja että sokerin, joka sen makeaksi tekee, ovat neekerit viljelleet Amerikan Länsi-Intiassa. Mutta maidon, jota äiti kaataa kuppiinne, on Suomen lehmä antanut.

XI.
Sukelluskello.

Edellisissä kirjeissäni olen teille puhunut niistä eri matkustuslaaduista, joita ihmiset nykyjänsä voivat käyttää. Olen kertonut matkavaunuista, joita käytetään, missä ei ole rautateitä, niinikään höyryvaunuista sekä aluksista, joilla vesiä kuljetaan; sitte vielä ilmalaivasta ja myöskin erämaan laivassa. Tänään aion sanoa pari sanaa semmoisesta kulkemisen tavasta, jota ei käytetä maalla, ei merellä, ei ilmassa, vaan meren pohjaan menemiseksi. Tiedättehän, lapset, että veteen pudonneet ihmiset hukkuvat, jos eivät osaa uida taikka muut eivät vedä heitä ylös; ja nyt sanon minä saatettavan oleskella meren pohjassakin. Niitä ihmisiä, jotka rupeavat näin eriskummalliselle vesimatkalle, sanotaan sukeltajiksi. Ihminen tarvitsee ilmaa elääksensä, hän hengittää ilmaa sisäänsä ja taas ulos: mutta ilmattomassa paikassa täytyy hänen tukehtua. Jos hän es:ksi pantaisiin johonkin tiiviisen arkkuun ja kansi kopahutettaisiin kiinni, niin hän hirmuisissa tuskissa kuolisi. Meren pohjalla on paitse kaloja hyvin paljo merkillisiä aineita, niinkuin kauniita koralleja, helmisimpukoita j.m. Ihmiset käyttävät niitä koristeiksi ja kaikille luonnon ystäville on hyvin huvittavaista katsella näitä esineitä. Näiden saamista varten meren pohjasta ylös ilmoihin on muuan keino keksitty. Sukeltaja lasketaan sukelluskellossa alas veteen. Ajatelkaapa olevaksi hyvin suuri kello, joka pannaan kumoon sukeltajan päälle. Tämä siellä kellon alla kiinnittää ketjuilla itsensä kellon laitoihin. Nyt vaipuu kello veteen, vettä tulee alapuolesta sisään, mutta nousee vaan noin puoliväliin kelloa. Tämän yläpuoleen jääpi ilmaa, joka ei pääse pois. Sukeltajan suu ja nenä eivät siis ole vedessä, vaan voimat hengittää ilmaa, s.o. hän ei saata veteen kuolla. Mutta sittekään ei ihminen voi kauan olla veden alla upoksissa, sillä siinä ei ole kyllä, että saa ilmaa elääksensä, vaan ilman pitää myös olla puhdasta ja raitista. Ihmisen uloshengittämä ilma on pilautunutta: vähässä ajassa on hän henkimällä vetänyt itseensä kaiken puhtaan ilman kellosta ja täyttänyt tämän vahingollisella hengellä. Ja kun näin on tapahtunut, niin hänen heti täytyy tukehtua. Sukeltaja tuntee vallan hyvin, milloin puhdas ilma on loppunut, ja silloin hän ravistaa rautavitjoja, joissa kello riippuu, ja hänet vedetään jälleen ylös. Sukelluskellon etupuolessa on lasinen ikkuna, josta sukeltaja näkee ympärillänsä meren pohjassa olevat esineet.

Tultuansa semmoisiin paikkoihin, missä näkee koralleja ja helmisimpukoita, antaa hän merkin laivassa olevalle väelle, joka nyt pysähyttää kellon, kunnes hän on kerännyt minkä löytää taikka tarvitsee uutta ilmaa. Nykyiseen aikaan on myös vaatteita nahasta tahi gummi elasticumista, jotka ovat niin vedenpitäviä, ett'ei sukeltaja tarvitsekaan kelloa. Hän pukee nämät vaatteet yllensä ikääskuin hansikan. Silmien edessä on ikkuna. Ilmaa hän saapi putken kautta, joka riippuu sen ketjun vieressä, jolla hän laskeutuu alas. Kuitenkin on hyvin vaikeata aina saada hänelle tarpeeksi raitista ilmaa. Wastenluontoista ja vaarallista ainakin semmoinen sukeltajan työ on, mutta hyvin ihmeellistä kuitenkin lienee siellä meren pohjalla oleminen. Saksalainen runoilija Schiller on kauniissa runoelmassaan, nimeltä "Sukeltaja", erinomaisen kauniisti kuvaellut siellä elämisen. Hän kertoo eräästä kuninkaasta, joka viskasi kalliin pikarin mereen ja kehoitti nuoria ritarejansa noutamaan sitä takaisin. Joka nyt tahtoi mennä pikaria etsimään, hänelle oli kova vaara tarjona. Muuan nuori ritari uskalsi ruveta tähän vaaralliseen yritykseen ja hänellä olikin onni löytää pikari, joka oli tarttunut korallin sakaraan. Tällä paikkaa käypä kova merivirta sinkautti hänet takaisin ylös meren pintaan. Mutta niin onnellisesti ei useamman kerran voinut käydä. Waan olipa kuitenkin kuningas niin julma, että vielä toisteen viskasi pikarin aaltojen sekaan; se rohkea nuorukainen syöksi toistamiseen itsensä mereen, mutta eipä enää palannutkaan.

Kun vastedes koulussa saatte lukea saksaa, niin saanette oppia ulkoa tämän kauniin runoelman. Jos sitte oikein hyvin

osaatte lukea sen minun kuullakseni, niin minäpä mielelläni
kuuntelen. Mutta jos se oraillen ja huonosti käy, niin paikalla
lähdenkin pois. Woikaa nyt hyvin vaan!

XII.
Wuorikaivanto.

Monella eri tavalla olette te, ystäväiseni, kulkeneet
kanssani ympäri maailmaa, milloin maalla, milloin ilmassa,
milloin taas vesillä ja veden alla. Nyt aion vielä lähteä
kanssanne vähän matkaa maan sisään. Tätä kulkua varten
emme tarvitse vaunuja hevosineen, emme höyryveturia,
emme laivaa emmekä sukelluskelloa, vaan ainoastaan
jonkinlaisen kopsan tahi sangon, joka lasketaan alas juuri
kuin kaivoonkin. Että maa on suuri ja lavea, sen jo tiedätte,
niinikään sen olevan melkein omenan muotoisen. Mutta
mitä tämän omenan sisässä on, sitä ei kenenkään ihmisen
silmä vielä ole nähnyt. Oppineet miehet kuitenkin arvelevat
sen keskuksen, sen sydämen olevan tulta täynnä. Ihmiset
ovat uteliaisuudessaan keksineet keinoja päästäksensä
maan sisään, mutta tulisydämeen saakka eivät ole tulleet.
Ovat vaan saaneet tungetuksi pikkuisen matkaa, melkein
sen verran kuin omenan kuori on itse omenan suhteen, jos
maan siihen vertaamme; mutta sekin jo meidän
mielestämme on melkoinen syvyys.

Niissä paikoin maata, joita ihmiset tähän asti ovat voineet tutkia, löytyy hyvin merkillisiä ja arvoisia aineita, es:ksi kivihiiltä, jota käytetään kuumennukseksi ja lämmitykseksi, metallia, joista lukemattomia kaluja tehdään, kuten rautaa, vaskea j.n.e. sekä kultaa ja hopeata, jota rahaksi lyödään. Me emme ensinkään voi ajatella, kuinka ihmiset voisivat tulla toimeen ilman metallitta. Jos silmäilette ympärillenne, niin näette, miten niin monta lukematonta kalua ja kapinetta on tehty metallista: veitsi, jolla leipää leikataan, lusikka, jolla soppaa syötte, vaskikolikka, jolla leipä maksetaan. Ennenkuin tätä edemmäksi luette, pitää teidän nyt heti kohta minulle luetella kymmenen tahi kaksikymmentä eri esinettä, jotka joko kokonansa taikka vaan osaisi ovat raudasta.

Menemistä maan sisään sanotaan kaivosmutkaksi. Minä olen ollut monessa vuorikaivannossa, minut on laskettu alas tynnyrissä ja köysissä, yhdessä vuorimiesten kanssa taikka yksinäni. Hyvin kummalliselta tuntuu semmoinen pimeään ja syvään kaivoon laskeutuminen, yhä vaan syvää syvempään, jonneka, senhän arvaatte, ei ainoatakaan valon-sädettä pääse. Jokaisella, joka sinne menee alas, on pieni lamppu sidottuna joko rinnan eteen taikka lakkiin. Merkillisin kaikista näkemistäni vuorikaivoksista on Wielizka'ssa, lähellä Krakovan kaupunkia Karpati-vuorten juurella. Sieltä ei kuitenkaan saada kivihiiliä eikä mitään metallia, vaan suolaa. Tämä suolakerros sanotaan noin kuusisataa vuotta sitte tavatuksi ihan sattumaltaan. Puolan kuninkaan Boleslav VI:nen puoliso oli kadottanut vihkisormuksensa. Tätä sormusta ehtimiseen etsittäessä löydettiin suolakerros muutaman vuorihalkeaman pohjassa. Tässä vuorikaivoksessa on neljä kertaa päälleksyttäin ja joka kerrassa on monta monituista huonetta ja salia ja käytävää, juuri kuin äärettömän suuressa palatsissa. Mutta tämän suuruista palatsia ei ole kellään keisarilla, sillä se on kahta peninkulmaa pitkä ja kaikissa käytävissä on mittaa noin 120 peninkulmaa. Ajatelkaapa nyt sitä semmoista matkan pituutta. Kun joskus kuljette yhden peninkulman, niin sehän jo on kuinka pitkä; ja täällä saatatte kuleskella 120 sen vertaa ja aina nähdä jotakin uutta. Itse vuorilaitoksessa on muutamin paikoin juuri kuin olisi jossakin loihtulinnassa. Kaivoksen ollessa valaistuna suolapatsaat ja seinämät kiiltävät ja välkkyvät timanttien tavoin. Paljon muun seassa on täällä kaivoksessa kuusitoista lammikkoakin, joissa veneillä soudellaan. Yhdessä salissa on mitä kauniimpia koristuksia, jopa kokonainen kynttiläkruunukin suolasta; tämä nimittäin on kivi-suolaa, sillä keittosuolasta ei saata tehdä semmoisia teoksia. Keittosuolaa valmistetaan kivisuolasta, mutta saadaan sitä meren vedestäkin. Yhteen kaivoskertaan on rakennettu pieni kirkkokin, jossa entisiin aikoihin joka sunnuntaina pidettiin jumalanpalvelus. Siellä on työssä tuhat työmiestä sekä kuusikymmentä hevosta, jotka vetävät suolaa semmoisiin paikkoihin, joista sitä vivutaan ja nostetaan ylös maan päälle. Näillä hevosilla ovat tallinsa maan sisässä ja ne ovat yötä ja päivää täällä maan alla.

Miten ihmeellisen kaunis kuitenkin luonto on! Mihin vaan matkustaa ja mihin katsoo, joka paikassa on ihmeteltävää. Meidän ympärillämme on kaikkialla luonnon ihmeitä ja ihanuuksia. Ihmisen tehtäviin kuuluu pyrkiminen tuntemaan näitä ihmetöitä, jotta aina enemmän saisi ihmetöitä, jotta aina enemmän saisi ihmetellä Jumalan kaikkivaltiaisuutta, Jumalan viisautta, Jumalan rakkautta. Kokekaa pyrkiä tämän tarkoituksen perille, se johdattaa Jumalan tykö. Kaikilla teillä maan päällä on ainoastansa silloin jotakin arvoa, kun vievät meitä taivaallisen Isämme luokse, joka on maailman luoja ja ylläpitäjä ja semmoisena niin ylevä ja jalo, ja joka on suonut ihmiselle voiman löytöihin ja keksintöihin, jotka tietoa kartuttavat. Että vielä, lapsikullat, on toinenkin tie Jumalan tykö, se tie, jota Herramme Jesuksen elo ja olo osoittaa, senhän te tiedätte. Ilmestykset luonnon ja Jumalan sanan kautta saattavat siunauksen maan päällä ja taivaassa. Johdattakoon Herran armo teitä kaikkia tätä tietä! Sitä sydämensä pohjasta teille toivottaa harras ystävänne ja *Setänne Risto*.

SISÄLLYS

I. Koti. 3

II. Matkavaunut. 7

III. Ilmalaiva. 11

IV. Purjelaiva. 16

V. Erämaan laiva. 20

VI. Höyryvaunu. 23

VII. Aarniometsä. 26

VIII. Farmi. 30

IX. Sokerimaa. 33

X. Teen saanti. 37

XI. Sukelluskello. 40

XII. Wuorikaivanto. 43